...IS POÉTIQUES

D'UN ÉCOLIER,

Par H. Charles Laurent,

ÉLÈVE DU COLLÉGE LOUIS-LE-GRAND.

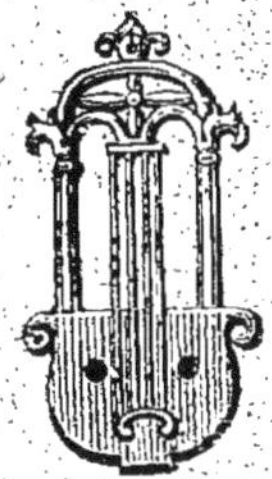

Paris.

DELAUNAY, LIBRAIRE, | G. WARRÉE, LIBRAIRE,
PALAIS-ROYAL. | QUAI VOLTAIRE.

1832.

ESSAIS POÉTIQUES.

PARIS. — IMPRIMERIE DE AUG. AUFFRAY,
PASSAGE DU CAIRE, N° 54.

ESSAIS POÉTIQUES

D'UN ÉCOLIER.

Par H. Charles Laurent,

ÉLÈVE AU COLLÉGE LOUIS-LE-GRAND.

PARIS.

DELAUNAY, LIBRAIRE, | G. WARÉE, LIBRAIRE,
Palais-Royal. | Quai Voltaire.

1832.

PRÉFACE.

Lorsque je considère tout ce qu'exige main--
tenant le lecteur, et le peu que je lui apporte,
je suis parfois tenté de retourner sur mes pas,
et de rejeter mes faibles productions dans l'obs-

ij

curité de la classe, d'où elles n'auraient peut-
être jamais dû sortir ; cependant je me fonde
tellement sur l'indulgence du public en cette
occasion, que je me hasarde à les lui offrir sous
le titre qui leur convient le mieux, et qui annonce le peu d'importance que l'on doit y atta-
cher. Toutefois comme il est de règle établie
que tout littérateur qui débute fasse sa profes-
sion de foi dans une préface, je vais *procéder* à
la mienne avec le plus de candeur et surtout de
brièveté possible.

En premier lieu, la nature m'a doué ou affli-
gé, comme on voudra, de quelque sensibilité et
d'une vive passion pour la poésie, j'ai tâché de
faire trouver à l'une sa digne expression dans

l'autre; voici toute l'origine de mes premiers efforts; ainsi j'ai voulu rendre, suivant mes sensations, *le charme des amitiés de jeunesse*, *le bonheur d'un père qui revoit son fils après une lon-gue absence*, *la dignité du poète*, etc. , ai-je réussi? Ce n'est pas à moi qu'il appartient de le décider.

Quant à l'amour, j'attends à le connaître pour lui faire parler son langage ; il me semble d'ail-leurs que la poésie peut très-bien se passer de ces fades *Iris* de convention, qui même dans nos auteurs les plus modernes, m'apparaissent tou-jours avec les hautes coiffures et les paniers du temps de Louis XV : jamais, à mon avis le poète ne doit peindre que ce qu'il sent profondément et avec passion.

Au reste je ne veux pas, ridicule Pygmée, braver la critique du haut de mon gradin de collége, je compte bien au contraire me conformer aveuglément à toutes ses décisions; car le public est beaucoup plus à même de juger que l'auteur, et surtout le jeune auteur, du prix d'un ouvrage, ou du moins de ce qu'il annonce pour l'avenir : et, dieu merci, je suis encore dans l'âge où l'on peut sans rougir être reconnaissant d'une observation utile.

ESSAIS POÉTIQUES

D'UN ÉCOLIER.

Rêverie de Collége.

1830.

Support de mes travaux, table usée et noircie
Où maint prédécesseur s'est assis avant moi,
Que de fois, appuyé sur toi,
Je t'ai vu, dans ma rêverie,

Au jour de ton honneur, arbre comme autrefois,
Superbe, t'élever, ornement de la terre,
　　Qui semblait trembler sous ton poids,
　　Prêter ton ombre au doux mystère
　　Dans la verte épaisseur du bois;
　　Ou bien, au milieu du village,
Au seuil du temple saint, couvrir de ton feuillage
　　Les jeux folâtres du jeune âge,
Les graves entretiens des Nestors de l'endroit!
Au discours simple, à l'esprit droit.
Alors on t'admirait, les jours de grande fête
　　Sous ton abri, le vieux pasteur
Parfois venait sourire au rustique bonheur,
Et de tes verts rameaux on couronnait sa tête.
　　Las! maintenant que ton sort est changé!
　　Toi, de nos champs la plus belle parure,

Tu n'offres plus , rebut de la nature ,

Qu'un bois pourri que les vers ont rongé ;

Triste débris déformé par l'usage ,

Où chaque jour un espiégle écolier

En traits profonds grave un nouvel outrage !

Tandis que, moi, je rends encore hommage

A ta verdure , à ton sommet altier ;

Tandis que je te vois dominer le sentier,

Ombrager le ruisseau , t'étendre dans la plaine

Où je pense porter mes pas.....

J'entends autour de toi bourdonner les abeilles.....

Vous, mes amis , compagnons de mes veilles ,

A des rêves si doux , oh ! ne m'arrachez pas !

SUR

LA MORT D'UN ENFANT.

I.

Sur la Mort d'un Enfant

QUI S'ÉTAIT NOYÉ EN POURSUIVANT UN PAPILLON.

1831.

Jeune enfant, qui naguère effleurais la prairie
    De tes pas légers et joyeux,
  Comment la parque au milieu de tes jeux
A-t-elle pu trancher la trame de ta vie !
    Toi si beau, toi si gracieux !

Ah! que ne laissais-tu ce papillon volage
    Errer libre de fleur en fleur !
Que n'abandonnais-tu ce perfide rivage
    Cause et témoin de ton malheur !

    Mais qu'ai-je dit ?.... es-tu coupable
D'avoir suivi l'attrait d'un innocent désir ?
    Pourquoi la mort inexorable,
Las, avait-elle pris la forme du plaisir !

    Tu ne voyais qu'une eau limpide,
Que des gazons fleuris les séduisans appas ;
Tu ne soupçonnais pas que leur pente rapide
    Pût receler les horreurs du trépas !

Tu n'avais pas encore appris que dans la vie
Souvent, hélas! la noire perfidie
Sait se cacher sous un dehors brillant.
Hier encore, hier, ô malheureux enfant.....
Ah! faut-il qu'un seul jour efface
Tant de candeur et tant de grâce.....

Et tu n'es plus!..... En ce fatal instant
La pâleur a chassé les brillantes lumières
De ton front jadis si vermeil
Et les tendres contours de tes jeunes paupières
Ne s'ouvriront plus au soleil!.....

Tu n'animeras plus de tes jeux la campagne.
Le vallon, la verte montagne

Désormais vont sembler déserts.
On ne t'y verra plus..... Peut-être dans les airs
Ton ombre, voltigeant sur un léger nuage,
Viendra visiter le rivage
Jadis témoin de tes plaisirs divers.

Ah! reviens. Tu verras notre douleur amère
Couvrir de fleurs l'asile de ta mort,
Verser des pleurs sur ton malheureux sort,
Mais plus encor sur celui de ta mère!

UN

LITTÉRATEUR DE PROVINCE.

Un Littérateur de Province,

DÉDIÉ A MON AMI A. GIRARDOT.

1831.

Voyez ce digne objet de la faveur publique,
S'avancer à pas lents et d'un air de docteur,
Étalant fièrement un mérite authentique,
Et faisant grimacer l'habit noir de rigueur.

2

Voyez comme tout bas chacun lui porte envie,
Comme chacun le suit et brigue ses regards;
Jamais, durant le cours de sa brillante vie,
Voltaire ne reçut, de la foule ravie,
    Tant de respects et tant d'égards.

C'est qu'il a lu Racine, et commenté Corneille!
C'est qu'il peut expliquer Virgile et Cicéron!
Et même par la ville on se dit à l'oreille,
Que bientôt l'on va voir la huitième merveille,
    Jaillir de son cerveau breton!

Tous les ans il envoie une enigme au Mercure,
Du journal quotidien unique rédacteur,

Sait chaque fait nouveau, d'une source *très-sûre*,
Trois mois après le Moniteur.

Et puis il correspond avec l'Académie,
Qui, si l'on en croyait quelque langue ennemie,
Mettrait bien peu de prix à ses travaux féconds,
Mais lui, pour déjouer l'infâme médisance
Il prétend faire lire en prochaine séance,
Un mémoire sur les moutons !

Aussi tout orgueilleux de la faveur publique,
Il s'avance à pas lents et d'un air de docteur,
Étalant fièrement un mérite authentique,
Et faisant grimacer l'habit noir de rigueur.

Et cette vanité lui doit être permise,

Car jamais il n'a vu sa gloire compromise,

Par le bruit d'un échec ordinaire et fatal,

Car jamais il ne fut en proie,

A l'examen fâcheux, à la maligne joie,

D'un connaisseur, ou d'un rival.

Tandis qu'en nos cités, qu'on nomme fortunées,

Pauvres barbouilleurs de papier,

Heureux ! quand nous pouvons après bien des années;

Attraper au hazard quelques feuilles fannées,

De la couronne de laurier !

L'ANGE DU SOMMEIL.

2.

L'Ange du Sommeil.

1831.

Oh! qu'il est beau cet ange à la robe éclatante;
Au front brillant et pur, d'étoiles couronné!
Céleste protecteur de l'homme infortuné,
Qu'en un jour de bonheur de sa main bienfaisante,
    Le Tout-Puissant nous a donné !

Voyez-le de son aile azurée et légère,

Effleurer en passant le mobile berceau,

L'enfant s'apaise et dort ; et lui d'un vol nouveau,

    Va fermer les yeux de la mère.

Par lui, le moissonneur à l'abri du soleil ;

Mollement étendu dans la verte campagne,

Rêve aux soins empressés de sa jeune compagne,

    Qui debout attend son réveil.

Oh ! qu'il est beau cet ange à la robe éclatante ;

Au front brillant et pur, d'étoiles couronné,

Céleste protecteur de l'homme infortuné,

Qu'en un jour de bonheur de sa main bienfaisante,

    Le Tout-Puissant nous a donné !

C'est lui qui, descendant sur la couche embaumée,
Où repose la vierge, au gracieux contour,
Embellit son sommeil, de doux songes d'amour,
Effeuillant sur son sein la rose parfumée.

D'un seul de ses regards, il éloigne la mort,
Écarte du vieillard le tourment qui l'accable;
Mais du ciel irrité, ministre inexorable,
    Jamais au chevet du coupable,
    Il n'a combattu le remord!

Oh ! qu'il est beau cet ange à la robe éclatante;
Au front brillant et pur, d'étoiles couronné,
Céleste protecteur de l'homme infortuné,

Qu'en un jour de bonheur de sa main bienfaisante,
Le Tout-Puissant nous a donné !

LE FEU FOLLET.

Le Feu follet.

1831.

Vapeur qui dans nos champs fuis rapide et légère,
D'où tires-tu, dis-moi, ta lueur passagère,
Insidieux appât offert au voyageur,
Et que jamais dans la bruyère

3

Sans prononcer une courte prière
Et sans presser le pas n'a vu le laboureur ?

Serais-tu par hasard quelque malin génie ,
Qui par un faux éclat cherche à nous égarer ?
Du sein des malheureux l'âme à jamais bannie
Qui dans la nuit revient pleurer ?
Ou bien , dès son matin échappée à la vie ,
Cette jeune ombre à qui le malheur ou l'envie
N'ont pas appris à soupirer ?

Mais non ; j'ai deviné ta céleste origine :
Tu fus en d'autres temps cette flamme divine

Qu'au berceau, tout poète a reçu dans son sein,

Et qui bien que d'abord, sans art et sans dessein,

En sa première enfance, agit et se devine,

Par un instinct secret qu'on ne peut définir,

Et puis, qui tout à coup de son ame élancée,

Exprime en traits de feu la brûlante pensée,

Que son argile en vain cherchait à retenir.

Mais à quel homme as-tu prodigué ta lumière;

Quel front as-tu paré du rayon immortel,

Qui tout en l'illustrant abrégea sa carrière,

Comme le feu sacré qui consume l'autel;

Qui pourrait dévoiler ton secret éternel?

Et pourtant à ta forme errante et fantastique,

Je croirais que jadis tu brillais à Byron,

Byron, qui dans ses chants, sublime et satirique,
Insouciant par fois, par fois mélancolique,
Semble n'avoir porté de mortel que le nom.

Comme toi, de la nuit il éclaira les ombres,
Toutefois en laissant aux objets agrandis
        Leurs contours vaporeux et sombres,
Qui par la main de l'art ne sont point arrondis;
Assemblage étonnant de vices et de gloire,
Comme toi, dérobant ses beaux traits aux regards,
A l'être souverain se refusant de croire,
Et courant de la croix servir les étendards.

Chantre de Child Harold, et *poéte du doute*,
Malheur à l'insensé qui veut suivre ta route;

Lui seul se la fraya, lui seul y put marcher,

S'élançant glorieux, de rocher en rocher,

Ou bravant le courroux de la vague perfide;

Sur la mer étonnée audacieux nocher,

Enchaînant la tempête avec ses bras d'alcide.

LES CÉLIBATAIRES.

Les Célibataires.

Connaissez-vous un de ces vieux garçons,

Insouciant des choses de ce monde,

    Et dont la face rubiconde;

Semble narguer Broussais * et ses leçons,

* M. le docteur Broussais, qui considère la liqueur de la grappe comme un poison mortel, et qui veut qu'on se fasse appliquer les sangsues *à tout le moins une fois l'an.*

Aimables libertins, joyeux célibataires;

Achevant d'heureux jours respectés par le sort,

Matelots fortunés de nacelles légères,

Qui sans craindre les vents contraires,

Sous un ciel toujours beau naviguent vers le port.

Troupe volage, et cependant unie,

De bons vivans soumis à la voix des désirs,

Papillons effleurant la vie,

Et n'en prenant que les plaisirs,

Riant beaucoup, parlant peu politique,

Aimant mieux vider chez *Véfour*

Quelque débat gastronomique,

Que d'aller, soucieux de la chose publique,

Pour dormir au discours bien long et bien civique,

En bâillant attendre leur tour.

Aimant mieux, conservant la gothique manière,

Pendant l'entr'acte échauffer le foyer,
De gais bons mots, qui ne leur coûtent guère,
Que de rester à pâlir au parterre
Sur le *Temps* ou le *Messager*.
Flâneurs par goût, flâneurs par habitude,
Voyez, un rien les fixe, un rien charme leurs yeux,
Légers sans art, et jeunes sans étude,
Ennemis déclarés des doutes ennuyeux,
Ils passent leurs instans libres d'inquiétude,
Bravant le sort et leurs neveux;
Et puis lorsque le temps, pour les frapper s'arrête,
Quand le dernier printemps sur eux vient de passer,
Au milieu d'un banquet ils inclinent la tête,
Et s'éteignent sans y penser.

LE

Tombeau de la Jeune Fille.

Pauvre roseau brisé, blanche et douce colombe,
Que le matin vit naître, et qui périt le soir,
Pure comme un beau jour, belle comme l'espoir.
Un instant permets-moi de prier sur ta tombe.

Et quel lieu plus sacré, quel plus pieux autel,
Aurais-je pu choisir pour mes saintes louanges,
L'hymne ne doit-il pas s'élancer vers les anges;
    Pour parvenir à l'Éternel !

Je ne viens pas ici, sur la lyre profane,
D'un monde de douleurs chanter les faux plaisirs,
D'un monde où le beau lis se déssèche et se fane,
    Où tout s'éteint jusqu'aux désirs.

Où le mortel ressemble à la plante étrangère,
Qui languit et qui meurt en de nouveaux pays,
Et dont le vent du nord, en passant sur la terre,
    Emporte au loin les vains débris...

Non, le Seigneur, lui seul a droit à mes hommages,
A lui seul j'offrirai mes larmes et mes vœux,
Et puis le bénissant dans ses brillans ouvrages;
    Je prierai pour le malheureux.

Je prierai pour la veuve errante et solitaire,
Qui pleure son époux arraché de ses bras.
Je prierai pour l'enfant, je prierai pour ma mère...
    Jeune fille, tu m'entendras!

Les Camarades de Collége.

1831.

Qu'il serait odieux le temps de l'esclavage,
S'il n'était adouci par de rares plaisirs,
   Si dans un éternel servage
L'on restait enchaîné, sans âme et sans désirs,

Devant une figure insensible et sauvage[*],

Qu'alors le joug de fer pèserait sur nos cœurs !

Personne qui comprît vos vœux et vos douleurs,

Personne qui voyant vos chagrins, vos alarmes,

Vous dît : console-toi ; puis essuyant vos larmes,

Par sa présence amie et ses touchans discours,

De sanglots commencés interrompît le cours.

Le ciel ne nous a pas soumis à cette épreuve,

Qu'aucun lointain espoir ne pourrait pallier,

Car la captivité semble toujours plus neuve,

Quand personne n'est là pour la faire oublier !

Il a su nous ôter la moitié de nos peines,

En nous réunissant par un commun bonheur.

* Je prie mes lecteurs (si toutefois j'en ai) de ne pas prendre
ce vers pour une allusion particulière.

Lorsque l'on est plusieurs l'on ne sent plus les chaînes,
Le malheur qu'on partage est à peine un malheur !
Et puis il est si doux d'être toujours ensemble ;
D'avoir mêmes souhaits, même esprit, mêmes jeux,
Si l'un a des succès, nous en sommes heureux ;
Mais s'il est opprimé, sa cause nous rassemble,
Et tous, nous maudissons le pouvoir ombrageux.

Il est si doux d'être toujours ensemble,
On a mêmes souhaits, même esprit, mêmes jeux.

Oh ! je sens bien le prix de ces liens aimables,
De ces attachemens réels et secourables,
Que les efforts du temps ne sauraient effacer.
Aussi durant le soir quand seul je puis penser,
A l'heure du sommeil quand je vois du rivage,

Les yeux demi-fermés, cette scène d'orage;

Où bientôt je vais m'élancer,

Pour y trouver peut-être un funeste naufrage.

Alors, triste et rêveur je soupire et me dis,

Dans ce monde brillant, au goût vain et futile,

Qui présente à mes yeux auxquels il est promis;

L'amour si passager, la vertu si fragile,

Trouverai-je de tels amis?

LE FLEAU.

Le Fléau.

1831.

Il approche, il approche !... Oh ! dites la prière,
Couvrez vos pâles fronts de cendre et de poussière,
    Audacieux mortels !
Qui bravant du Seigneur la puissance infinie,

Dans votre outrageuse ironie,
Avez dit : « Il n'a plus d'autels !

« Jéhova n'est qu'un nom, et sa loi la plus sainte,
» Qu'un fantôme trompeur, évoqué par la crainte,
    » Vain effroi du vieillard;
» Le néant seul est Dieu, l'homme qui naît et passe,
» Ces mondes lumineux qui roulent dans l'espace,
    » Sont les fils du hasard! »

Et long-temps l'Éternel suspendit sa vengeance;
Regardant en pitié l'orgueilleuse impuissance,
    D'un criminel effort;
Mais enfin vos forfaits ont comblé la mesure,

Il a remis son glaive en la main toujours sûre,
    Du ministre de mort;

Va, lui dit-il, et frappe ! Ouvrant ses vastes ailes,
L'ange s'est élancé des portes éternelles,
    Envoyé du trépas,
Il plane un long instant sur la terre du crime,
Semblable au noir vautour qui choisit sa victime...
    Et puis lève le bras...

Eh bien ! fiers insensés, est-il un Dieu suprême,
Un Dieu juste et puissant qui punit le blasphême,
    Venge les opprimés ?...
Riez, riez encore, des coups de son tonnerre,
               5.

Maintenant qu'il vous montre au gré de sa colère,
Les peuples décimés !

Dans un siècle on dira, (mais qui voudra le croire !)
Quand chaque créature, offrait l'hymne de gloire,
Au pouvoir bienfaiteur ;
Des œuvres du très-haut, spectateur insensible,
L'homme s'est élevé contre sa main terrible,
Niant son créateur !

Tel aux sables brûlans de l'aride Lybie,
L'affreux serpent insulte en sa vaine furie,
Le lion endormi;
Mais le roi du désert se réveillant à peine,

D'un seul coup de sa queue écrase sur l'arène,
Son hideux ennemi !...

Il approche, il approche : Oh ! dites la prière,
Couvrez vos pâles fronts de cendre et de poussière,
Audacieux mortels !
Qui bravant du Seigneur la puissance infinie,
Dans votre outrageuse ironie,
Avez dit: Il n'a plus d'autels !

EPITRE

EPITRE

Qui m'a été adressée par M. Hayot.

A MON AMI LAURENT.

1831.

Dans sa fureur, ami, que la foule du vulgaire,

Se débattant au fond de son obscur bourbier,

Fasse jaillir du pied un ignoble fumier,

Se jette sa haine grossière !

Nous, dont l'âme s'envole au céleste séjour,

Dédaignant cette terre, et secouant sa fange;

Puis dans le sein de Dieu, de même qu'un bel ange,

Va puiser l'éternel amour,

Où trouver dans notre âme une place à la haine!

Les anges au cœur plein d'amour pour l'Éternel,

S'aiment entr'eux aussi, d'un amour fraternel,

Ignorans de la haine humaine.

Puis d'ailleurs à quoi bon, au temps où nous vivons,

Cher Laurent, commenter une image effacée,

Savoir de quel éclair la lueur éclipsée,

A jadis sillonné nos fronts!

Pourquoi poursuivre encore une lutte insensée,

Quand la foule confond, dans les mêmes mépris,

Jésus et Mahomet, également proscrits,

 Et rit sur leur gloire passée ?

Pourquoi combattre encor quand il n'est plus d'autel,

Quand la Vierge du ciel, classique ou romantique,

N'est qu'une ombre au milieu du siècle politique,

 Ombre au souvenir éternel ?

Les hommes ont chassé la double poésie;

Ils ont dit : à quoi bon cette Vierge ici bas ?

Et pour la mesurer avec leur lourd compas,

 Déjà leurs mains l'avaient saisie !

6

Elle s'est envolée en le divin séjour,
Comme l'oiseau, s'envole et d'une aile légère;
Secoue en s'enfuyant sa terrestre poussière,
    Peut-être elle a fui sans retour !

Ici bas plus de chants si doux qu'un doux sourire !
Quand le soir, lentement descend sombre et rêveur,
Plus de lyre disant le céleste bonheur,
    En son angélique délire !

Plus de rêves divins, en regardant les cieux,
Où brille et disparaît une rapide étoile,
Plus de nuage d'or, doux et céleste voile,
    Cachant la volupté des Dieux!

Plus de sacrés vallons! plus de sources limpides,

Dans un cœur énivré, versant la passion;

Et le Pinde idolâtre, et la sainte Sion,

    Ne sont plus que des temples vides!

Viens, allons demander encore un souvenir,

Au palmier du désert, puis aux pins d'Ionie,

Lieux sacrés, où jadis avec Dieu, le Génie

    Le soir venait s'entretenir.

Viens, nos Dieux sont détruits, le malheur nous rassemble ;

Nous irons chaque jour sur leurs sacrés tombeaux,

Et puis là, leur jetant nos hymnes les plus beaux,

    Ami, nous pleurerons ensemble.

Nous nous raconterons nos souvenirs du ciel,

Nous, poètes jetés sur cette triste terre,

Confondant nos regrets, pour la muse d'Homère,

Et la Vierge de Raphael !

REPONSE.

6.

Tu dis vrai, cher Hayot, la lyre du poète,
Ne vibre maintenant, que pour des cœurs glacés,
Le siècle la renie, et l'écho seul répète
Ses accords bientôt éffacés.

De nos pieux concerts la plaintive harmonie,
N'enchaîne plus l'oreille en d'aimables liens,
La Vierge de Sion est à jamais banie,
    Comme les Dieux des anciens.

Ils sont passés, les temps de poétique joie,
En vain unirions-nous, dans nos chants inspirés,
Les grâces de Parny, l'amour de Millevoie,
    Nos noms s'éteindraient ignorés...

Pourtant il est encor de ces ames célestes,
Sources dans le désert, belles fleurs du printemps,
Qui, loin des aquilons, aux atteintes funestes,
    Pourront sourire à nos accens.

De ces femmes surtout, si tendres et si pures,
Doux songes du pays, sur un sol étranger,
Compagnes de nos jours, baume de nos blessures;
    Que le temps n'oserait changer !

Comprends-tu le bonheur d'en voir une, rien qu'une !
Abaisser ses beaux yeux sur nos chastes douleurs;
Et puis interrompant l'hymne de l'infortune,
    Pensive, essuyer quelques pleurs?

Le comprends-tu ?... mais non, l'ambition m'égare,
Des pleurs, ah qu'ai-je dit ! une larme, un soupir,
Un seul de ces regards dont le ciel est avare,
    Puis après, nous pourrons mourir!...

Que les destins d'ailleurs, nous soient doux ou contraires,
Que la patrie accueille ou repousse nos voix,
Les hommes nous verront vieux amis, tendres frères,
    Suivre des sentiers toujours droits;

Oui nous serons unis, unis comme ces anges,
Gracieux habitans du radieux séjour,
Qui ne savent chanter que les saintes louanges,
    Qui ne connaissent que l'amour;

L'amour, oh! cet amour éternel et sublime,
Dont se rit en passant, le vulgaire mortel;
Car il lui faut à lui, fastueuse victime,
    Un Dieu qui brille sur l'autel!

MORT DU PAPILLON.

Pauvre insecte, il se meurt, et ses ailes dorées,
Élevant par instans leurs gazes déchirées,
Semblent vouloir encore échapper au trépas,
Qui de son doigt glacé les a décolorées...
Quand on est jeune et beau la vie a tant d'appas !

C'en est fait maintenant de sa course incertaine,
De ses douces erreurs, image du désir,
Il ne se jouera plus sur l'inconstante haleine
Du folâtre et riant zéphyr.

Il ne portera plus à la rose odorante,
Le volage tribut de ses nouveaux amours,
Il n'embellira plus de sa grace expirante,
Du sentier qui s'enfuit les verdoyans détours...

Et qu'a-t-il donc commis pour sa lente agonie,
A-t-il brisé la fleur qui lui servait d'appui,
A-t-il?... mais qui ne sait que la colombe amie,
Que le faible grillon errant dans la prairie,
Étaient moins innocens que lui!

Il était si brillant, de sa prison de soie,

Élancé le matin, il volait si léger !

Faut-il que le bonheur que le ciel nous envoie,

N'offre à nos yeux déçus qu'un souris passager !...

Las ! quel funeste objet a pu dans la nature,

Être vif et charmant interrompre ton sort ?

Est-ce le passereau qui cherche sa pâture,

    Ou le souffle des vents du nord ?

Est-ce le jeune enfant que chaque jour ramène,

Dans ses aimables jeux au bord du clair ruisseau,

    Sa main serait-elle inhumaine ?

Oh non ! car bien souvent je l'ai vu dans la plaine,

Réchauffer en son sein les petits de l'oiseau...

Mais il est expiré, désormais immobile,

Il n'animera plus le silence des bois...

La mort a de si dures lois,

Et le plaisir est si fragile !

BOUTADE.

Boutade.

Je le sens, l'amitié n'est qu'une onde perfide,
Qui ne vous a bercé que pour vous engloutir,
Un lac insidieux qu'un léger souffle ride,
    Qu'agite le moindre zéphyr!
                       8

C'est une coupe d'or à la liqueur amère,
Un gazon vert et frais qui cache un noir limon,
C'est le sourire d'une mère,
Sur un visage de démon !...

Et moi, trop confiant, je croyais à ses charmes,
Heureux, je m'endormais dans ses bras caressans,
Le doux repos hélas a duré peu d'instans,
Le réveil est venu... j'ai répandu des larmes ;

Des larmes, car alors pour mon cœur abusé,
S'effaçait lentement la belle perspective,
Le bonheur éteignait sa lueur fugitive...
Maintenant le joug est brisé !

Oh! j'abjure à jamais ta fatale puissance,

Fragile attachement, qui séduis notre enfance,

Ombre qui nous souris, et ne fais que passer,

J'ai senti tout le poids de tes chaînes dorées,

Sous tes roses décolorées,

J'ai vu le serpent se glisser;

Peut-être penses-tu reprendre sur mon âme,

L'empire séduisant de tes changeantes lois,

Arrière ! et va chercher plus loin un cœur de femme ;

On ne me trompe qu'une fois !

Ainsi dans ma sombre tristesse,

J'outrageais la douce amitié,

Mais bientôt j'aperçus l'objet de ma faiblesse,
Et mon sein fut rempli d'une soudaine ivresse.
J'avais déjà tout oublié ! !

LE POÈTE.

Le Poète.

Malheur à l'insensé qui dans sa froide audace,

    A dit: « Le poète n'est rien !

» Ses chants sont un vain son égarés dans l'espace,

» Sa gloire est la vapeur, le vide son soutien!

» Méprisable flatteur des puissans de la terre,

» Des hymnes les plus vils souillant sa lyre d'or,

» Offrant aux grands du jour son génie à l'enchère,

    » Vendant son nom pour un trésor !

» Calculant tour à tour les larmes, la surprise,

» Insultant la vertu, puis osant en parler,

» Se jouant des humains qu'en secret il méprise,

    » Riant des pleurs qu'il fait couler ;

» Rêvant le désespoir de sa patrie en flammes,

» D'un sourire infernal accueillant ses revers,

» Se plaisant aux soupirs des vieillards et des femmes ;

    » Car il leur devra quelques vers !...

Arrête, homme abusé, cette impuissante rage,
Cesse d'injurier nos purs concerts d'amour,
Aveugle ! à la clarté tu prodigue l'outrage,
    Crois-tu donc condamner le jour?...

Sais-tu, faible mortel, dans quel sein tu veux lire,
Sais-tu sur quel trépied tu veux porter la main ;
Seul, penses-tu briser en ton affreux délire,
    Un autel de marbre et d'airain ?

Oh ! ne blasphème pas le soleil qui te blesse,
Le poète est un ange envoyé par les cieux,
Lui, n'eut jamais besoin de titres de noblesse ;
    Ses ouvrages sont ses aïeux !

Lui toujours put marcher en relevant la tête,
Son âme est grande et juste, au jour des factions
Il détourne sa nef et pleure la tempête ;
    Sur les débris des nations.

L'a-t-on vu, dites-moi, lâchement infidèle,
Quand elle était flétrie, abandonner la fleur,
L'a-t-on vu renier d'une bouche cruelle,
    La noble cause du malheur ?

L'a-t-on vu rejeter la prière sacrée,
De la jeune infortune aux vêtemens de deuil,
Et refusant ses vers à la veuve éplorée,
    Déshériter l'humble cerceuil !

Auguste en ses douleurs, sublime en ses extases,
De son puissant regard il dévoile l'erreur,
Et fait tomber l'idole arrachée à ses bases,
    Sur le front du prêtre imposteur !

L'éternel lui fit don au jour de sa naissance,
D'un flambeau que lui-même il voulut allumer ;
Emblême bienfaisant de la toute puissance,
    Il éclaire sans consumer !

Seul il sait, repoussant l'indigne calomnie,
Présager les arrêts de la postérité,
Lui seul au grand compas de son vaste génie,
    Peut mesurer l'éternité !

8.

Son sein est un volcan dont la flamme élancée,

Brille au siècle étonné sans jamais se ternir,

La lumière est son but, l'infini sa pensée,

Son espoir, l'immense avenir !

C'EST LUI!!

C'est Lui!! *

DÉDIÉ A M. HYPPOLITE BELLANGÉ.

Sur le seuil égayé de l'antique chaumière,

Le vieillard s'est assis aux rayons du soleil,

Qui dès long-temps paré d'une douce lumière,

De la vitre a franchi la fragile barrière,

    Pour venir hâter son réveil;

* C'est une charmante lithographie de M. Bellangé qui m'a inspiré cette petite pièce de vers; je suis loin de me flatter d'avoir rendu toute la sensibilité et le talent qui se font remarquer dans cette heureuse et touchante production.

Des zéphyrs du matin l'haleine passagère,
Agite les flocons de ses beaux cheveux blancs,
Gravement il médite, attentif et sévère,
De notre sainte loi le livre héréditaire,
　　Posé sur ses genoux tremblans.

Parfois interrompant la lecture sacrée,
Dernier recours de l'homme aux portes du cerceuil,
Il passe en soupirant sa main mal assurée,
Sur son chien qui poursuit la mouche bigarrée,
　　Volant autour du grand fauteuil;

Et puis dans ses regards vient briller une larme,
Car le vieux serviteur était cher à son fils;

A ce fils qui partit au premier cri d'alarme,
Pour vaincre l'étranger et sauver son pays...

S'il obtint des regrets il y pouvait prétendre,
Lui seul il animait et la danse et les jeux,
A la longue veillée, on aimait à l'entendre,
Et mainte jeune fille à l'œil noir, au cœur tendre,
    Pleurait en le suivant des yeux.

Dix hivers sont passés sur la terre flétrie,
Dix printemps... et son père attendait, mais en vain,
En vain il parcourait de sa vue attendrie,
Les sinueux détours de la route fleurie,
    Qui conduisait au grand chemin.

Le son d'un pas, la voix partant de la vallée,

Le faisaient tressaillir et rêver le bonheur,

Mais bientôt réveillé de sa trompeuse erreur,

Il trouvait de nouveau sa vieillesse isolée,

Et sentait plus encore le poids de son malheur.

De la veille oubliant la cruelle souffrance,

On le voyait joyeux, sortir chaque matin,

Et le soir il rentrait sombre, sans espérance,

Pour retourner le lendemain.

Ni les peines du corps, ni les lentes années,

N'avaient détruit l'espoir en son cœur paternel,

Sans fléchir sous les coups des tristes destinées,

Dans le siège massif il passait les journées,
    Pour son fils priant l'éternel.

Ta prière, ô vieillard, sera-t-elle entendue,
Est-il encore un dieu ?... Ciel ! serait-ce... écoutons !
Un seul cri... mais le cri d'une bouche connue,
Le chien hurle et s'élance, et d'une voix émue,
    Le pauvre père a dit: courons !

C'est lui ! lui, mon enfant, et soudain il se lève,
Puis dans le vert sentier il a fait quelques pas,
Sans guide et sans support ; mais avant qu'il achève,
    Son fils est déjà dans ses bras.

9

Peindrai-je les transports de leur amour sincère,

De leurs épanchemens la touchante douceur?

Non, pour ce long travail ma muse est trop légère,

Et j'en laisse le soin au cœur !

PENSÉES MÉLANCOLIQUES.

Pensées Mélancoliques.

Souvent durant la nuit quand bercé d'un doux songe,

J'accueille en souriant son aimable mensonge,

Un fantôme hideux vient se pencher sur moi,

Et me touchant d'un doigt qui lentement s'allonge,

Me dit: enfant réveille-toi !

9.

Pourquoi ?... c'est qu'ici bas point de bonheur durable
Le plaisir c'est l'éclair dans les cieux égaré,
Le sommeil d'un instant au chevet du coupable,
La faible goutte d'eau qui sèche sur le sable,
    Et le laisse plus altéré.

Oh ! ne pleurez donc pas sur vos belles années,
fleurs d'un jour qu'éffeuille la mort,
Ne pleurez pas l'éclat de vos têtes fanées,
Tandis que nous errons au gré des destinées,
    Vous avez déjà vu le port !

Le port riant et sûr, le sol de la patrie,
Embelli par l'amour, par la grâce habité,

Où l'enfance arrachée aux jeux de la prairie,
Va jouir loin des bras d'une mère qui prie,
   De sa jeune immortalité...

Femme, eh quoi ! des sanglots, de stériles alarmes,
Ah ! tourne vers le ciel tes regards attendris,
Et dis-nous si tu dois célébrer par des larmes
   La délivrance de ton fils !...

Qu'est le monde après tout ? une mer agitée,
   Un désert aride et brûlant,
Ou le mortel se traîne épuisé, haletant,
Où par l'ardent simoûn* la vie est emportée
Vers un sombre avenir que l'on nomme en tremblant.

* Vent du désert.

L'avenir, oh déjà je le vois qui s'avance,
Muet, inexorable, ouvrant ses vastes bras ;
Il fait un signe, uu seul... et l'univers s'élance,
Dans son sein où dort le trépas.

Et puis !... alors s'étend le voile du mystère,
Le voile impénétrable... hommes ! que serons-nous,
Quand le Seigneur terrible au jour de sa colère,
Viendra nous disperser ainsi que la poussière,
Car lui-même il a dit : Je suis un dieu jaloux !

Que serons-nous ?... Qui sait ! tout garde le silence,
Hors la douleur passée et le malheur présent
Peut-être rien... quel mot ! Dieu saint, dans ta clémence

Impose-moi plutôt un siècle de souffrance ,
　　Mais jamais, jamais le néant !...

Et je rêvais assis à la table massive,
Quand un ange du ciel vint se pencher sur moi,
Et me dit, de sa voix carressante et plaintive :
　　O mon frère , réveille-toi !

L'ORPHELIN.

L'orphelin.

Viens, faible oiseau glacé par la froidure,
Viens en un sein qui connaît le malheur ;
Je te réchaufferai de ma jeune chaleur,
Je te prodiguerai la douce nourriture,
Ne tremble pas : j'eus toujours un bon cœur...

Et puis ainsi que toi je suis seul sur la terre,

    Je suis seul, hélas ! car jamais,

  Je ne reçus le baiser d'une mère,

  Je ne volai dans les bras de mon père,

    Et le seul être que j'aimais,

Mon chien, mon pauvre chien en ce moment expire,

Sans de justes sanglots je ne saurais le dire ;

C'était mon défenseur, il entendait ma voix,

Il comprenait mes vœux, mes chagrins, quand parfois,

Il me voyait gémir sur mon destin contraire,

Aussitôt par ses jeux cherchant à me distraire,

Il me faisait sourire au travers de mes pleurs,

Toujours il partagea mon pain et mes douleurs.

Qui maintenant adoucira mes peines ;

Je serai désormais un enfant isolé,

Toujours souffrant, et jamais consolé :

Heureux encor si la moisson prochaine,

Le laboureur laisse mes faibles mains,

Péniblement ramasser quelques grains,

    Echappés à son œil avide;

La créature indigente et timide,

N'a pas de place au banquet des humains!

Les débris du festin sont assez bons pour elle,

    Et bien souvent lui faut-il disputer,

Le pain insuffisant que d'une main cruelle,

Le riche avec mépris a daigné lui jeter...

Viens, faible oiseau glacé par la froidure,

Viens en un sein qui connaît le malheur;

Je te réchaufferai de ma jeune chaleur,

Je te prodiguerai la douce nourriture,
Ne tremble pas : j'eus toujours un bon cœur.

Cependant quand l'hiver fuira de nos campagnes,
Quand la neige en torrens tombera des montagnes,
Léger, insouciant tu fuiras loin de moi,
Saluant le printemps de ton joyeux ramage,
Car il est des beaux jours pour toi...
Moi, je ne connais que l'orage!...
Dans la belle saison rien ne manque à tes vœux,
Tu peux libre et content jouir de la nature,
Le ciel a soin de ta pâture,
Il t'a su préparer un vêtement moelleux;
Hélas! si tu savais, ton sort est bien heureux!...

Oh ! que ne suis-je mort au jour de ma naissance,
Je serais maintenant un ange du Seigneur,
Peut-être en ce moment ma robe d'innocence;
Voltigerait dans l'air en brillante vapeur,
Ou bien sous ses replis d'éclatante blancheur,
   De l'orphelin protégerait l'enfance...
Oh ! que ne suis-je mort au jour de ma naissance,
Je serais maintenant un ange du Seigneur !...

Il disait... le printemps vint ranimer la terre,
Chaque jour voltigeant au seuil de la chaumière,
L'oiseau cherchait encor son jeune bienfaiteur,
Mais en vain... car alors au séjour de sa mère,
L'orphelin, affranchi d'un monde de misère,
   Etait un ange du Seigneur !

10.

PROFESSION DE FOI.

Profession de Foi,

DÉDIÉE A MON PÈRE.

Moi ! d'odieux concerts souiller ma chaste lyre,
Moi ! de la passion irritant le délire,
Semblable à la bacchante aux profanes appas,
Entraîner la licence et l'erreur sur mes pas...

Jamais! Ah plutôt voir ma jeunesse flétrie,

S'éteindre sans laisser un nom à la patrie,

Que d'aller, séduisant de trop faibles esprits,

Vouer mes chants au vice, et mon front au mépris;

Jamais! plutôt garder un éternel silence;

Las! assez tôt périt la fleur de l'innocence,

Assez tôt le mortel par l'instinct égaré,

Sent tressaillir son cœur pour un être ignoré,

Sans que l'affreux limon fruit d'une source impure

Tout en la révoltant hâte en lui la nature.

Honte, honte, à celui qui lâche corrupteur,

Fait sourire le vice, et rougir la pudeur,

Malheur à lui! fût-il un Ovide un Voltaire,

Eût-il l'art de penser joint au talent de plaire,

Sût-il, brisant le joug de nos communes lois,
A des modes divers assujétir sa voix,
Bientôt l'expérience aux ailes trop rapides,
Désignera l'écueil de ses accords perfides,
Son nom sera maudit, méconnu rejeté,
Ses fils le renieront ; et la postérité,
Prodigue sagement de louange et de blâme,
En le montrant du doigt, dira : c'est un infâme !

Oh ! n'attendez donc pas que froidement pervers,
J'empoisonne ma plume et salisse mes vers,
Vous, homme du néant qui prenez pour génie,
Les accens éhontés d'une indigne harmonie,
Détrompez-vous ; et si dans ce siècle de deuil,
L'opprobre seul a droit à votre horrible accueil.

Vous pouvez repousser ma muse jeune et pure,
Vous pouvez lui jeter le dédain et l'injure,
De vos sombres cités l'exiler sans pâlir,
Vous pouvez l'accabler, mais jamais l'avilir !

IMPRECATION.

Imprécation.

Comment, moi repousser la douce poésie,
Quand riante elle vient se jeter dans mes bras ;
Fuir la route de fleurs que je m'étais choisie,
Et le front sans honneur retourner sur mes pas !

Comment, moi renoncer à la palme immortelle!...
Non, malheur à celui qui trahit ses amours !
Traitez-moi d'insensé, traitez-moi de rebelle,
Je vous brave et marche toujours !

Plongez-moi, souriant de votre aveugle rage,
Dans l'infâme prison aux ténébreux détours,
Raillez-moi, chassez-moi, prodiguez-moi l'outrage,
Je vous brave et marche toujours!

Vous avez cru sans doute en votre ignominie,
Tyranniser notre âme aussi bien que nos jeux,
Nains, vous avez pensé pour tuer le génie
Qu'il suffit de crier : je veux !...

Dites donc au soleil de suspendre sa course,
A l'oiseau de nos bois d'interrompre ses chants,
Au Nil de remonter écumant vers sa source,
A l'indigne Phryné d'abjurer ses amans ;

Dites donc au jeune homme à l'ardente pensée,
De suivre les leçons de l'austère vieillard,
Au vieux guerrier, si beau de sa gloire passée,
De pâlir devant un regard !...

Retirez-vous maudits ! votre cœur est de boue,
Pour vous le sentiment est un dieu sans autel,
Vous insultez aux pleurs, fuyez ! je vous dévoue ;
Au mépris accablant du poète immortel !

I I.

Vous torturez l'enfant, vous reniez ces femmes,
Qui répandent sur nous les flots d'un pur bonheur,
Oh ! fuyez loin de moi, vous êtes des infâmes,
    Fuyez, vous me faites horreur !

Et que vous fait à vous, notre chaste harmonie,
Que vous font nos concerts qui montent vers les cieux,
Nos chants qui vont bénir en sa gloire infinie,
    L'ange au front jeune et radieux !...

Ah ! songez-vous au prix de votre vain caprice,
Songez-vous que d'un vers par l'obstacle irrité,
Nous pouvons arracher le masque de justice
    Qui couvre votre iniquité !

Songez-vous que le barde en son pieux délire,
Jette à l'homme avili l'opprobre et le remord,
Et que le saint courroux des maîtres de la lyre
Vaut souvent un arrêt de mort!

En vain espérez-vous de notre douce ivresse,
Troubler le cours brillant et pur,
Voyez, l'affreux serpent contre le ciel se dresse,
Peut-il ternir son bel azur!

Pourtant je serai juste, enfans de la poussière,
Vous devez abhorrer la clarté qui nous luit,
Car, je le sais, toujours l'éclatante lumière,
Blessa les vils oiseaux de nuit!

Mais du moins eux, cachés dans leurs retraites sombres,
Hideux, ne tentent pas de proscrire le jour,
Et n'oseraient gémir qu'au sein des noires ombres
Les chants d'un infernal amour. *

* Ces vers, dans lesquels on aurait tort de voir aucune *allusion directe*, ont été jetés sur le papier dans un moment d'exaltation, de *résistance* poussée à son dernier degré, car rien de plus irritable que la *nation poétique*, je pourrais bien dire cela en latin ; mais comme si j'espère avoir des lecteurs, j'espère aussi avoir des lectrices ; je crois pouvoir m'en dispenser à la satisfaction générale.

LE MOUSSE.

Le Mousse.

Amis, ne troublons pas le mousse qui sommeille,
Oh ! laissons-le goûter dans un trop court repos,
L'espoir du lendemain et l'oubli de la veille,
Laissons-lui son erreur, malheur à qui réveille
    L'enfant qui rêve au bruit des flots !

Dors, jeune infortuné, la vie est bien amère,
Dérobe lui quelques instans,
Si faible et n'avoir pas un appui sur la terre,
Dans un climat glacé pauvre fleur étrangère,
Ne pas connaître de printemps !

Sur le pont quand pour toi la rive au loin s'efface,
Voir la foule passer insensible à tes maux ;
Ne t'écrier jamais que pour demander grâce,
N'entendre d'autre voix que celle qui menace,
D'autres chants que ceux des bourreaux !

Toi, qui devrais, encore au seuil de l'existence,
Ne contempler la plaine immense

Qu'au travers d'un prisme enchanteur,

Et dans ta naïve ignorance,

Ne pas te douter du malheur !

Toi, qui devrais passer tes riantes années,

Aussi courtes que des journées,

Assis au foyer paternel ;

Ou bien tel que l'oiseau qui se plaît au rivage,

Toujours pur et joyeux, te jouant sur la plage,

En tes chants bénir l'Éternel !...

Voyez comme il sourit ; c'est qu'il songe à sa mère,

Qui pour lui maintenant prie et fait tant de vœux,

12

C'est que pour un instant il revoit son vieux père,
Son pays... Oh, voyez ! il pleure, il est heureux !

Il est heureux ! bientôt peut-être,
La voix du pilote railleur,
Où le sifflet du contre-maître,
Viendra l'arracher au bonheur ;
Car il est le jouet de leurs fureurs stupides,
Car sur la nef aux flancs humides
Il n'a que Dieu pour protecteur !...

Amis, ne troublons pas le mousse qui sommeille,
Oh ! laissons le goûter dans un trop court repos,
L'espoir du lendemain et l'oubli de la veille,

Laissons-lui son erreur, malheur à qui réveille

L'enfant qui rêve au bruit des flots !

IMPRIMERIE DE AUGUSTE AUFFRAY,

PASSAGE DU CAIRE, N. 54.